Analyse de l'œuvre

Par Agnès Thibault

Miroir de nos peines

Pierre Lemaître

Analyse de l'œuvre

Par Agnès Thibault

Miroir de nos peines

Pierre Lemaître

Rendez-vous sur lepetitlitteraire.fr et découvrez :

Plus de 1200 analyses
Claires et synthétiques
Téléchargeables en 30 secondes
À imprimer chez soi

MIROIR DE NOS PEINES

UNE QUÊTE FAMILIALE EN PLEIN CŒUR DE L'EXODE FRANÇAIS DE 1940

- **Genre :** Roman
- **Édition de référence :** *Miroir de nos peines*, Paris, Le Livre de Poche, 2021, 571 pages.
- **1re édition :** *Miroir de nos peines*, Paris, Albin Michel, 2020.
- **Thématiques :** secrets de famille, Seconde Guerre mondiale, enfants disparus, adultère, justice, imposture, maternité, relations parents-enfants

Publié en 2020, *Miroir de nos peines* est le dernier tome d'une trilogie romanesque, intitulée *Les enfants du désastre*, qui se déroule dans l'entre-deux-guerres, entre novembre 1918 et juin 1940. *Miroir de nos peines* est centré sur le personnage de Louise, déjà présent dans le premier tome de la trilogie. Dans ce roman, Louise, encore petite fille, crée une relation privilégiée avec l'un des deux personnages principaux, Edouard Péricourt, une gueule cassée de la Grande Guerre. Dans *Miroir de nos peines*, Louise est désormais une jeune femme institutrice. Suite au suicide d'un client du restaurant dans lequel elle est serveuse, elle découvre l'existence d'un frère que sa mère a été contrainte d'abandonner. Elle part alors à sa recherche en plein milieu de la débâcle française de 1940, accompagnée par son patron qui fait office de figure protectrice. Dans sa recherche, elle va rencontrer divers personnages qui se croisent, se séparent et se retrouvent, dont un garde mobile, un prêtre imposteur et trois enfants abandonnés.

PIERRE LEMAITRE

ÉCRIVAIN FRANÇAIS

- **Né en 1951 à Paris**
- **Quelques-unes de ses œuvres :**
  - *Trois jours et une vie* (2016), roman
  - Trilogie *Les enfants du désastre* :
    - *Au revoir là-haut* (2013), roman
    - *Couleurs de l'incendie* (2018), roman

Romancier et scénariste, Pierre Lemaitre a une formation en psychologie. D'abord formateur pour adultes, il devient écrivain à l'âge de 55 ans, avec la publication en 2006 d'un premier thriller, *Travail soigné*. Il est également critique littéraire et administrateur de la Société des gens de lettres entre 2011 et 2013. Avant l'immense succès de son roman *Au revoir là-haut*, Pierre Lemaitre a principalement écrit des romans noirs et des romans policiers qui lui valent une certaine reconnaissance littéraire. Publié en 2013 et consacré par le prix Goncourt, *Au revoir là-haut* est le premier tome des *Enfants du désastre*, une fresque sociale, historique et familiale qui se déroule entre novembre 1918 et juin 1940. Le deuxième tome de cette saga, *Couleurs de l'incendie*, est édité en 2018 et le troisième, *Miroir de nos peines*, en 2020. Pierre Lemaitre a également écrit des scénarios pour le cinéma, notamment les adaptations de ses romans *Alex*, *Au revoir là-haut* et *Trois jours et une vie*, ainsi que pour la télévision, comme le scénario de la série *Dérapages*, adaptation de son roman *Cadres noirs*.

RÉSUMÉ

Le livre est divisé en trois parties. La première se déroule entre le 6 avril 1940 et les premiers jours de juin 1940, qui correspondent au début de l'exode de la population francilienne vers le sud. La deuxième se déroule entre le 6 juin 1940, date d'effondrement de la ligue de défense de l'armée française, et le 13 juin 1940, date de repli du gouvernement français à Bordeaux et veille de l'entrée des troupes allemandes dans Paris. La dernière a lieu du 13 juin 1940 au 18 juin 1940, le lendemain de l'appel du maréchal Pétain à cesser les combats contre l'Allemagne.

DES RÉVÉLATIONS FAMILIALES ALORS QUE LA DÉFENSE FRANÇAISE S'EFFONDRE

Le docteur Thirion, un habitué du restaurant dans lequel Louise est serveuse, demande un jour à la voir nue en échange d'argent. La jeune femme accepte et le retrouve dans une chambre d'hôtel. Mais au moment où Louise se déshabille, il se tire une balle dans la tête. Traumatisée, cette dernière s'enfuit de l'hôtel et court nue dans les rues de Paris, avant d'être emmenée à l'hôpital. Peu après sa sortie, elle est convoquée par le juge Le Poittevin, chargé d'enquêter sur le suicide. Ce dernier presse en vain l'épouse du docteur Thirion de porter plainte contre elle.

Quelque temps plus tard, Louise décide de revenir sur les lieux où le docteur s'est tué et apprend par la tenancière de l'hôtel qu'il a eu une liaison passionnelle avec sa propre mère, Jeanne. Monsieur Jules, patron du restaurant et vieil ami de sa mère, lui révèle ensuite que Jeanne a eu un enfant mort-né avec le docteur. Louise se rend alors chez la veuve du docteur qui finit par lui avouer que sa mère a été contrainte d'abandonner cet enfant à la naissance. Grâce aux archives de l'hospice des Enfants assistés, elle découvre que l'enfant, nommé Raoul Landrade, a été adopté par le docteur et sa femme, à l'insu de sa propre mère. Elle décide alors de partir à la recherche de ce frère inconnu, après qu'Henriette, la fille du docteur et de sa femme, lui a appris que Raoul se trouve à la prison du Cherche-Midi.

Dans le même temps, Gabriel, un jeune enseignant mobilisé comme soldat, craint que le fort militaire dans lequel il se trouve ne soit gazé par les Allemands. Suite à une alarme, un de ses camarades, Raoul Landrade, l'enferme dans une salle parce qu'il refuse de participer à ses combines. Lorsque Gabriel parvient à en sortir, il est préposé au service d'intendance. Malheureusement, il y retrouve Raoul qui est parvenu à se faire muter dans le même service.

Ils apprennent alors que l'Allemagne a envahi la Belgique et sont envoyés avec d'autres soldats à Sedan, pour renforcer les rares effectifs de l'armée disséminés le long de la Meuse. Les soldats sont rapidement obligés de faire retraite face à la supériorité numérique et militaire des blindés allemands. Cette défaite rapproche cependant Raoul et Gabriel qui parviennent ensemble à faire sauter un pont, puis à s'enfuir. Raoul, tout en pillant sans scrupules ce qu'il trouve sur son chemin, change d'attitude à l'égard de Gabriel qu'il prend sous son aile. Après avoir saccagé une demeure bourgeoise, ils sont arrêtés par des soldats pour désertion et envoyés à la prison du Cherche-Midi.

Le lecteur fait également la connaissance de Désiré Migault, personnage comique qui se fait d'abord passer pour un brillant avocat, puis pour un haut fonctionnaire en charge de la censure au ministère de l'Information. Après que les Allemands bombardent les usines Renault et Citroën, Désiré disparait mystérieusement.

DANS LE CHAOS D'UN EXODE MÊLANT SOLDATS, CIVILS ET DÉTENUS

La deuxième partie introduit un nouveau personnage, Fernand, un garde mobile parisien. Ce dernier enjoint à sa femme Alice, qui souffre de problèmes de cœur, de rejoindre sa sœur à la campagne, pendant qu'il reste à Paris. Officiellement, il reste pour son travail, officieusement il veut récupérer en cachette des billets de banque de la Banque de France destinés à être détruits. Il reçoit ensuite un ordre de mission pour escorter les prisonniers du Cherche-Midi, dont Raoul et Gabriel, vers une prison en dehors de l'Île-de-France.

En arrivant à la prison du Cherche-Midi, Louise se trouve bloquée devant les portes avec d'autres femmes, pendant que les gardes mobiles font monter les prisonniers dans un convoi. Elle décide alors de les suivre, contre l'avis de Monsieur Jules, qui décide toutefois de l'accompagner.

Sur la route vers Orléans, Louise lit la correspondance passionnée entre sa mère et le docteur Thirion.

Les prisonniers sont envoyés à Orléans puis au camp des Gravières où se trouvent déjà d'autres détenus. Fernand trouve une façon de ravitailler le camp, en utilisant une partie des billets de la Banque de France. Après avoir réquisitionné une ferme, il croise Louise qui lui confie une lettre pour Raoul. Il apprend également, en téléphonant à sa sœur, que sa femme Alice ne s'est pas installée chez elle, mais dans une chapelle transformée en camp de réfugiés, la chapelle Bérault. Après que Fernand a donné à Raoul la lettre de Louise, le camp est visé par un bombardement allemand, pendant lequel Raoul et Gabriel essaient de s'enfuir.

DES RETROUVAILLES
SUR FOND DE DÉFAITE

Le curé qui a transformé la chapelle Bérault en camp de réfugiés n'est autre que Désiré qui, après être tombé sur le cadavre d'un prêtre, a troqué ses vêtements contre la soutane de ce dernier. Grâce à ses coups de génie et son charisme, Alice et la plupart des réfugiés le prennent pour un saint.

Pendant que Raoul et Gabriel cherchent à s'enfuir, un garde tire sur eux et blesse Gabriel à la jambe.

Alors que Louise et Monsieur Jules se trouvent à nouveau bloqués sur la route, ils rencontrent une jardinière d'enfants poussant dans une charrette trois nourrissons.

L'aviation allemande bombarde au même moment la route et provoque la mort de la jardinière. Monsieur Jules ordonne à Louise de s'enfuir avec la charrette et les trois petits.

Raoul montre à Gabriel la lettre qu'il a reçue de sa sœur, pendant que le capitaine de la garde mobile apprend à son équipe qu'ils vont devoir emmener les prisonniers en marchant jusqu'à Saint-Rémy-sur-Loire.

Les détenus se mettent en route, mais très rapidement, l'écart se creuse entre les plus rapides et les plus lents. La jambe de Gabriel le fait de plus en plus souffrir et il ralentit l'allure. Le capitaine de la garde décide alors de tirer sur les prisonniers les plus lents, bien que Fernand tente de l'en empêcher. Au moment où le capitaine s'apprête à tirer sur Gabriel surgit une escadrille allemande. Raoul en profite pour s'enfuir en portant Gabriel dans ses bras.

Après avoir échappé aux bombardements, Louise cherche à soigner dans un café le plus jeune des enfants, une petite fille de quelques mois prise de diarrhées, et la baptise Madeleine.

Louise se met à mendier pour pouvoir nourrir les trois enfants. Sur la route vers Villeneuve, elle est surprise par un orage et tombe sur le camion de Désiré qui l'emmène à la chapelle Bérault.

La fuite de Raoul et Gabriel est entravée par la blessure de Gabriel qui s'aggrave. Une femme dans un lieudit leur conseille de se rendre à la chapelle Bérault où le père Désiré, un « saint homme » (p. 519), pourra le guérir.

Arrivé au camp, Raoul s'écroule à terre et est soigné par une infirmière religieuse, pendant que Gabriel fait la connaissance de Louise, qui lui plait immédiatement. Lorsque cette dernière lui dit son prénom, Gabriel établit immédiatement un rapprochement avec la signature de la lettre envoyée par la mystérieuse sœur de Raoul. Il emmène son camarade auprès de la jeune femme, qui raconte à Raoul comment leur mère a été contrainte de l'abandonner à la naissance. Fernand, qui a fini sa mission, rejoint à son tour la chapelle et retrouve Alice.

Le lendemain de l'appel du maréchal Pétain à arrêter les combats, une messe est célébrée par Désiré dans la chapelle Béraut, mais des officiers allemands l'interrompent pour démanteler le camp. Désiré disparait alors mystérieusement avec le sac de Fernand rempli des billets de banque.

ÉPILOGUE : ET ILS VÉCURENT HEUREUX... OU PRESQUE

Dans l'épilogue, on apprend que Louise a retrouvé Monsieur Jules qui a pu rouvrir son restaurant. Elle s'est mariée avec Gabriel et le couple élève ensemble la petite Madeleine, dont on n'a jamais retrouvé les parents.

Raoul finit par s'engager dans l'OAS, organisation terroriste luttant contre l'indépendance de l'Algérie, et est tué en 1961, à l'issue d'affrontements armés.

Fernand meurt dans la bataille pour la Libération de Paris en 1944. Après sa mort, Alice consacre la fortune que son époux avait récupérée de façon illégale à des œuvres caritatives.

Désiré s'engage dans la Résistance dès 1940. On pense qu'il aurait défilé aux côtés du Général de Gaulle à la libération de Paris.

ÉTUDE DES PERSONNAGES

LOUISE

Dans *Au revoir là-haut*, Louise est un personnage secondaire. Petite fille, grâce à son empathie, elle parvient à créer un lien d'affection extrêmement fort avec Edouard Péricourt, un jeune homme brisé physiquement et moralement par la guerre.

Dans *Miroir de nos peines*, Louise est l'un des personnages principaux. Elle est désormais une jeune institutrice de trente ans, décrite comme taciturne et peu souriante : « elle n'était pas souriante, ni bavarde » (p. 19). Elle a peu d'estime d'elle-même alors qu'elle est très jolie et connait un certain succès auprès des hommes. Stérile, elle est obnubilée par le désir d'avoir un enfant.

Adulte, Louise a gardé cette capacité d'empathie qu'elle avait enfant : elle est durablement marquée par le suicide du docteur Thirion et est très émue lorsqu'elle découvre l'histoire d'amour tragique de sa mère. Elle souhaite également aider les réfugiés qui viennent de Belgique.

Au début du roman, c'est un personnage en proie à la solitude, souffrant du décès de sa mère survenu quelques mois plus tôt. Le suicide du docteur va changer cette situation, en la rapprochant d'abord de Monsieur Jules, puis en plaçant sur sa route trois enfants qu'elle va devoir prendre en charge. Elle finit également par retrouver son frère Raoul à la fin du roman et épouser Gabriel.

Le contexte de la guerre nous montre un personnage courageux, qui n'hésite pas à partir à la recherche de son frère à travers des routes chaotiques, ou à prendre en charge trois nourrissons, alors qu'elle n'a déjà pas de quoi se nourrir.

RAOUL

Technicien en électricité avant la guerre, Raoul est le fils du docteur Thirion, qui se suicide au début du livre, et de Jeanne Belmont, la mère de Louise. Il est donc le demi-frère de Louise, ce que l'on découvre à la fin de la première partie du récit.

Au début du livre, il est décrit à travers le point de vue de Gabriel, comme un personnage antipathique, avec des « lèvres minces comme un fil de rasoir » (p. 37). D'abord évoqué comme un escroc, il apparait ensuite comme un criminel, puisqu'il essaie d'asphyxier Gabriel en l'enfermant dans une salle. Progressivement, il se révèle plus sympathique : il fait preuve d'entraide, en portant le sac de Gabriel, et de courage, en cherchant à stopper l'arrivée des Allemands alors que ces derniers sont beaucoup plus nombreux et mieux armés. En raison des épreuves qu'il a dû subir très jeune, il montre très peu de signes de faiblesse : il ne semble ressentir ni la peur ni la fatigue.

Il fait preuve d'une loyauté sans bornes à l'égard de Gabriel et lui sauve la vie au moment où le capitaine de la garde mobile cherche à lui tirer dessus.

S'il inspire la peur au début du livre, le lecteur éprouve peu à peu de la pitié pour ce personnage privé d'amour dès la naissance et violenté par la marâtre qui l'a élevé.

Il s'agit donc d'un personnage attachant, qui peut parfois dérouter par la fraicheur de son comportement. Il a souvent des réactions enfantines, par exemple il s'émerveille devant un petit singe, puis le jette dans un buisson lorsque celui-ci le mord. Ce mélange de naïveté et de dureté le rend parfois comique. Ainsi, au début du livre, le décalage entre la cruauté de ce qu'il inflige à Gabriel et son attitude enfantine suscite le rire.

Personnage sans scrupules, il n'hésite pas à voler, à piller, à détruire quand il le souhaite, mais il est aussi capable d'actions nobles à l'égard des gens qu'il aime. Après avoir retrouvé sa sœur, il reste cependant violent et opportuniste, comme en témoigne son engagement dans une organisation terroriste pendant la guerre d'Algérie.

GABRIEL

Gabriel est le camarade de chambre de Raoul au Mayenberg, le fort militaire dans lequel ils ont été affectés. Avant la guerre, il était professeur de mathématiques. C'est un jeune homme à la fois intelligent et intègre, avec « des yeux ronds qui lui donnaient un visage perpétuellement étonné » (p. 36). D'emblée, cette description rend le personnage sympathique.

S'il éprouve facilement de l'appréhension, voire de la peur, face aux situations périlleuses qu'il doit affronter, il fait également preuve de courage et de détermination, refusant par exemple d'accomplir des actions qu'il estime immorales, même si elles servent ses propres intérêts. Ainsi, il cherche à stopper les escroqueries de Raoul au Mayenberg, bien qu'il sache que ce dernier risque de l'agresser physiquement. Il refuse également d'être réformé et, en dépit des ordres de retrait de ses capitaines, il va chercher coute que coute à retarder l'arrivée des Allemands.

C'est un garçon sensible, qui est au bord des larmes lorsque Raoul jette le petit singe. Il est également très observateur, analysant finement le caractère de Fernand, bien que ce dernier soit son geôlier. Grâce à sa bienveillance, Raoul finit peu à peu par s'ouvrir à lui et par lui raconter sa douloureuse enfance.

FERNAND

Fernand est un garde mobile d'une quarantaine d'années (on sait qu'il est en fonction depuis 22 ans [p.278]), encore très amoureux de sa femme pour laquelle il s'inquiète beaucoup à cause de sa santé fragile. Par amour pour cette dernière, il est prêt à dérober un sac empli de billets de la Banque de France, en dépit de ses principes d'honnêteté.

C'est un homme intelligent et compétent, qui a une conscience professionnelle, au point par exemple de connaitre par cœur le code de la gendarmerie (p. 446). Malgré son sens du devoir, Fernand est aussi animé par des valeurs humanistes, il n'exécute pas bêtement les ordres de ses supérieurs, mais respecte chaque homme, que ce dernier soit geôlier ou prisonnier. Ainsi, il cherche à arrêter le capitaine Howsler lorsque ce dernier veut fusiller les prisonniers blessés, et il permet à Gabriel et Raoul de s'enfuir en faisant semblant de tirer sur eux. Il accepte également de remettre à Raoul une lettre de Louise, parce que cette dernière l'a touché.

Il fait également preuve d'une empathie remarquable à l'égard des prisonniers, se mettant à leur place lorsqu'ils ont faim, anticipant les réactions que peuvent susciter le manque de sommeil, les privations alimentaires, l'enfermement, etc. Cette empathie est en partie intéressée, dans la mesure où elle est un outil pour éviter les conflits et les émeutes. Elle dévoile cependant le caractère attentionné du garde, qui va dépenser une partie de l'argent destiné à sa femme pour acheter de la nourriture aux détenus et des petits présents aux hommes de son équipe.

DÉSIRÉ

Désiré est, excepté Raoul, l'un des personnages les plus complexes de l'intrigue. En effet, le contraste entre les différents rôles qu'il endosse, notamment l'opposition entre la figure du haut fonctionnaire menteur, égoïste et opportuniste au ministère de l'Information, et celle du prêtre dévoué et altruiste, le rend ambivalent, empêchant le lecteur de le classer dans le camp des « méchants », dans lequel on retrouve le capitaine Howsler ou le juge Le Poittevin, ou dans le camp des « altruistes », dans lequel on trouve Alice, Fernand, Gabriel et Louise.

Il s'agit du personnage comique par excellence, que ce soit dans le rôle de l'avocat, celui du fonctionnaire censeur ou celui du prêtre illuminé. Son zèle excessif dans les fonctions qu'il incarne suscite le rire, tout en tournant en dérision ces professions. Dans ces rôles pourtant si différents, il fait preuve de génie, grâce à son imagination exceptionnelle qui le tire souvent de situations périlleuses lorsqu'il est sur le point d'être démasqué. En tant que prêtre notamment, il déploie des talents d'inventivité, transformant la chapelle Bérault en un refuge chaleureux et hospitalier. C'est également un personnage très charismatique : en tant qu'avocat, il parvient à faire changer d'avis les juges en un tour de main ; en tant que prêtre, il réussit à transformer une situation objectivement sombre – la défaite française, le déracinement des populations belges et luxembourgeoises – en moments conviviaux et joyeux.

MONSIEUR JULES

Vieil homme bougon, Monsieur Jules est un cuisinier hors pair qui tient le restaurant dans lequel travaille Louise. Il va se révéler de plus en plus sympathique au fil du récit. On s'aperçoit très vite de l'attachement considérable qu'il a pour la jeune femme, se rendant chez elle plusieurs fois pour la convaincre de retourner travailler avec lui. Il est très pudique dans l'expression de ses sentiments, n'arrivant pas à lui dire qu'elle lui manque ou qu'il a été amoureux de sa mère. Il fait preuve d'un dévouement sans bornes à son égard, comme pourrait le faire un père pour sa fille, l'accompagnant sur des routes incertaines pour l'aider à retrouver son frère et risquant sa vie pour elle au moment des bombardements.

ALICE

Alice est la femme de Fernand. Elle aime profondément son mari, comme en témoigne le fait qu'elle refuse de quitter Paris sans lui ou qu'elle ne cesse de penser à lui. Elle a des problèmes de cœur, mais ne s'en plaint jamais, sa générosité pour les autres est telle qu'elle s'oublie souvent, au risque parfois d'y laisser sa peau.

CLÉS DE LECTURE

1. <u>Un cadre réaliste</u>

Dans son roman *Le rouge et le noir*, Stendhal déclarait :
« un roman est un miroir qui se promène sur une grande
route. Tantôt il reflète [...] l'azur des cieux, tantôt la fange
des bourbiers ». À plusieurs égards, *Miroir de nos peines*
s'inscrit dans cette tradition réaliste. Le roman cherche
en effet à refléter la société de la première moitié du
XXe siècle, en mettant en scène des personnages appar-
tenant à différentes catégories socioprofessionnelles. On
retrouve en effet un patron de bar, une institutrice, un
électricien, un gendarme, mais aussi des bourgeois, une
bonne et une religieuse.

On peut qualifier le cadre de réaliste, dans la mesure où
le récit prend place dans un contexte historique précis,
celui de la débâcle française de mai 1940 et de l'exode de
la population francilienne qui en a découlé. L'histoire pro-
gresse ainsi en fonction des évènements historiques réels
qui se sont produits. Dans le premier chapitre, Monsieur
Jules évoque l'absurdité de la « drôle de guerre », qui
se caractérise par une absence de batailles entre sep-
tembre 1939 et mai 1940, malgré la déclaration de guerre
de la France à l'Allemagne six mois plus tôt. Il mentionne
également « la stratégie du général Gamelin » (p. 14).
Ce dernier est connu pour avoir élaboré la stratégie de

défense de l'armée française pendant la Seconde Guerre mondiale. À la page 36, l'auteur mentionne « la ligne Maginot », ligne de défense française, et l'invasion de la Belgique par les Allemands (p. 104). Le chapitre 12 est consacré à l'épisode de la percée de Sedan, raconté à travers le point de vue de Gabriel : après avoir traversé les Ardennes, les Allemands ont pu en effet pénétrer en France grâce aux faibles effectifs de l'armée à cet endroit. Pierre Lemaitre évoque également le bombardement des usines Renault et Citroën le 3 juin 1940, ou encore l'appel du maréchal Pétain à cesser les combats le 17 juin 1940. Dans les remerciements à la fin du livre, l'auteur explique par ailleurs que l'exode pénitentiaire et la destruction des billets de la banque de France sont véridiques sur le plan historique.

On retrouve le même effet de réel dans l'évocation des lieux. Nommés précisément, ils correspondent pour la plupart à des endroits authentiques. Ainsi, une partie de l'intrigue se passe à Paris, plus précisément dans le 18e arrondissement de Paris. Il est indiqué que Louise habite au « 9, impasse Pers », ce qui correspond à une adresse parisienne réelle.

2. <u>Un jeu entre la fiction et l'Histoire</u>

Le narrateur s'amuse cependant à brouiller les pistes dans un jeu permanent entre des éléments réels et des éléments qui paraissent réels, mais qui sont en réalité fictifs. Le lecteur est ainsi constamment induit en erreur par la porosité des frontières entre le vrai et le vraisemblable. Ainsi, si quelques personnages histo-riques sont mentionnés – le maréchal Pétain, le général Gamelin –, les personnages principaux et la plupart des personnages secondaires sont fictifs, en dépit de leurs noms réalistes – Louise Belmont, Raoul Landrade, Monsieur Jules, Désiré Migault, etc.

Le personnage de Désiré fait l'objet d'un doute constant, puisque l'auteur déclare dans l'épilogue qu'on le voit aux côtés du général de Gaule sur une photographie. Par ailleurs, l'évocation de l'affaire de « la petite pâtissière de Poissât » (p. 74) donne l'impression qu'il s'agit d'un fait divers, tel qu'on pourrait en lire dans les journaux. Enfin, le ministère de l'Information, dans lequel Désiré travaille en tant que fonctionnaire, a réellement existé. D'ailleurs, l'auteur souligne dans ses remerciements la véracité des informations dites par Désiré dans ses émissions de radio : « Un grand nombre d'entre elles sont absolument réelles » (p. 569). Le lecteur est ainsi amené à s'interroger constamment sur la réalité de l'existence de ce person-nage d'autant plus qu'il ferait l'objet, selon les dires du narrateur, d'une théorie établie par le célèbre chercheur Roland Barthes.

Si la plupart des dates et des lieux sont authentiques, en revanche, la Tréguière, un soi-disant affluant de la Meuse, n'a jamais existé. Ce que Pierre Lemaitre fait passer pour un évènement historique – « la prise du pont de la Tréguière » (p. 563) qui érige Raoul et Gabriel en héros de guerre – est en réalité une anecdote inventée de toutes pièces. De même, le fort de Mayenberg, même s'il est inspiré par le fort de Hackenberg, n'a jamais existé.

Ce mélange de détails historiques et d'éléments fictifs brouille ainsi les repères du lecteur qui finit par ne plus savoir ce qui relève de l'Histoire, telle qu'on l'étudie à l'école, et ce qui relève de l'histoire, c'est-à-dire de la fiction.

3. <u>L'horreur de la guerre traitée par l'humour et la fantaisie</u>

La particularité de *Miroir de nos peines* réside dans le décalage entre la dimension tragique du contexte historique et l'histoire des personnages, puisque le récit se termine bien pour chacun d'entre eux. Ainsi, le moment où les personnages parviennent à se retrouver enfin, pour le plus grand bonheur du lecteur, correspond à un moment catastrophique de l'Histoire : « le maréchal Pétain [...] avait appelé à la cessation des combats » (p. 550).

Certains passages, notamment les descriptions de bombardements, sont caractérisés par le registre tragique, par l'omniprésence de la mort et du chaos. Ces descriptions visent également à créer un certain suspense, en faisant croire au lecteur l'imminence de la mort d'un des personnages. Ainsi, à la fin de la deuxième partie, les bombardements allemands sont présentés comme un moyen d'évasion pour Gabriel et Raoul, prisonniers dans un camp. Au chapitre 42, ces mêmes bombardements « sauvent » la vie de Gabriel en survenant au moment où le capitaine de la brigade mobile s'apprête à lui tirer dessus : « La scène se figea, tous les visages se levèrent. Le capitaine resta un instant tétanisé, le pistolet braqué. [...] une escadrille allemande [...] piquait vers le sol » (p. 469).

La guerre est parfois traitée de manière comique. Pierre Lemaitre tourne en dérision l'ineptie des stratégies de défense française, notamment la théorie infondée du général Gamelin, convaincu que les blindés allemands ne pourraient jamais traverser les Ardennes. La guerre devient alors un sujet risible. Ainsi, la comparaison de l'armée française à un « barrage de gendarmerie » (p. 144) suscite le rire, de même que la vision absurde de Louise courant avec une charrette remplie d'enfants dans un champ (p. 451). Enfin, la triste réalité de la censure et de la désinformation est également traitée de manière comique, grâce à la fantaisie apportées par le personnage de Désiré. Au chapitre 9, par exemple, le dialogue entre un soldat et sa fiancée fait l'objet d'un comique de répétition et de mots (p. 117-118).

UN LIVRE QUI RENOUE AVEC LA TRADITION DU ROMAN-FEUILLETON

1. De la tragédie au conte de fées, du suicide au mariage

Contrairement à *Au revoir là-haut* qui s'achève sur un suicide, dans *Miroir de nos peines*, le suicide a lieu au début du récit. Bien loin d'enfermer le personnage principal dans le poids du passé, paradoxalement, cet évènement dramatique va être l'élément déclencheur d'un certain nombre de péripéties positives. Ainsi, le suicide du docteur Thirion va permettre à Louise de découvrir l'existence de son frère, découverte qui l'emmènera sur les routes de France. Hantée par son désir d'enfant, elle va tomber comme par magie sur trois nourrissons abandonnés. De même, l'irruption d'un orage lorsqu'elle se trouve dans la détresse la plus profonde va la placer sur la route du père Désiré qui surgit devant elle comme un *deus ex machina* : « elle aperçut, sur fond de nuages qui tonnaient comme une voix d'ogre, une immense croix [...] un homme sauta [...], souriant comme un ange [...] » (p. 500). Personnage en proie à une solitude extrême au début du roman, Louise trouve à la fin du roman un frère, Raoul, un enfant, Madeleine, et un époux, Gabriel.

Si le cadre du roman est réaliste, l'intrigue est invraisemblable sous plusieurs aspects. Ainsi, le fait que Louise retrouve par hasard son frère dans la chapelle où elle s'est réfugiée tient du miracle. De même, le personnage de Désiré, tout en s'inscrivant dans un décor crédible, relève plus de la fantaisie que de la réalité. *Miroir de nos peines* est donc un roman à ficelles, dans la mesure où des personnages qui semblaient destinés à ne jamais se rencontrer finissent tous par se retrouver dans un unique lieu, la chapelle Bérault. Ce lieu devient ainsi le point de convergence géographique et symbolique entre les personnages.

2. <u>Un roman construit sur l'effet de surprise</u>

Pierre Lemaitre déclare s'inscrire dans la filiation d'Alexandre Dumas, en raison des multiples rebondissements qui sous-tendent ses histoires. Par ailleurs, la citation de Corneille en exergue indique, avant même la lecture du livre, qu'il s'agit d'un roman d'aventure, dont le but est d'« émouvoir puissamment ». De fait, le livre foisonne de péripéties en tout genre.

Après la surprise provoquée par le geste inattendu du docteur Thirion, le lecteur découvre que la mère de Louise, une femme à la vie monotone, a été l'amante passionnée de ce dernier et qu'elle a eu un enfant avec lui. On apprend ensuite que cet enfant n'est autre que Raoul Landrade, personnage que le lecteur a déjà aperçu sous les traits du camarade diabolique de Gabriel.

Lorsque les personnages se trouvent dans une situation délicate, un élément ou un personnage inattendu intervient pour les tirer d'affaire. Ainsi, Raoul sauve Gabriel sur le point d'être tué par le capitaine Howsler, Désiré vient en aide à Louise en plein cœur de l'orage, sœur Cécile soigne Raoul au moment où il s'effondre (p. 525). Les idées de génie de Désiré lui permettent de se tirer d'affaire et de tirer les autres des situations les plus périlleuses : en quelques mots, il parvient à sauver de la peine de mort son accusée, en convainquant les juges qu'elle est en réalité la victime (p. 82).

Il s'agit enfin d'une intrigue basée sur le suspense, qui vise à tenir le lecteur en haleine. Dans chaque chapitre ou presque, on s'attend à ce que l'un des personnages meurt. Ainsi, dès la fin du deuxième chapitre, Gabriel semble sur le point de mourir, puis on le retrouve bien vivant et prêt à combattre dans le chapitre 4. On craint également pour la vie de Monsieur Jules dans le chapitre 38. Juste après les bombardements de l'aviation allemande, Louise le voit allongé dans une position qui évoque celle d'un cadavre (p. 425). Le rebondissement le plus notable se trouve au chapitre 42 : « Fernand sortit son pistolet et le pointa dans le dos de Raoul [...]. Il tira à deux reprises » (p. 470). À ce stade du récit, Raoul semble avoir été tué par Fernand, or il réapparait en pleine forme dans le chapitre 45.

LA FORCE DES RELATIONS HUMAINES POUR LUTTER CONTRE L'HORREUR DE LA GUERRE ET LA BARBARIE

1. <u>Une représentation ambivalente des liens familiaux</u>

On retrouve dans l'ensemble de la trilogie une complexité dans les relations entre parents et enfants. Dans *Au revoir là-haut*, les relations père-fils sont étouffantes. Dans *Miroir de nos peines*, ce sont les relations entre une mère adoptive et son fils qui sont toxiques. La veuve Thirion inflige un traitement très brutal à Raoul enfant et est présentée comme responsable des comportements déviants du Raoul adulte. Elle fait ainsi figure de marâtre malfaisante.

Le contexte familial des héros des *Enfants du désastre* est souvent pesant, envahi par les incompréhensions et les non-dits. Ainsi, même si Louise est très attachée à Jeanne, elle évoque une enfance triste, une mère silencieuse et effacée. Le manque de communication est aussi un thème récurrent dans la trilogie. Monsieur Péricourt ne parvient pas à exprimer son amour à son fils. Madeleine se rend compte seulement au bout de plusieurs années que son fils Paul a été victime, sous ses yeux, de viols répétés de la part de son précepteur. Louise ne connait pas réellement sa mère : elle découvre avec surprise la liaison passionnée qu'elle a eue avec un homme marié. Enfin, le docteur Thirion fait preuve de lâcheté en laissant son fils à la merci de son épouse. Raoul est ainsi victime de deux abandons, par sa mère d'abord, mais surtout par son père qui permet à sa femme de tyranniser le petit garçon.

Les deux sœurs de Raoul, Louise et Henriette, jouent au contraire le rôle de fées bienveillantes. Cette figure de la sœur aimante et salvatrice était déjà présente dans *Au revoir là-haut*, sous les traits de Madeleine Péricourt. Or, dans le chapitre 43, Louise baptise ainsi la petite fille qu'elle a recueillie, sans comprendre immédiatement le choix de ce prénom. Elle le comprend plus tard en se rappelant la sœur d'Edouard : « le seul membre de la famille [d'Edouard] qui l'eût réellement aimé » (p. 528). Le fait que Louise appelle le nourrisson Madeleine, alors qu'elle est elle-même à la recherche de son propre frère, suggère qu'elle s'interroge sur le rôle qu'elle peut tenir en tant que sœur.

2. <u>Des personnages altruistes</u>

Bien que le récit se déroule un contexte sombre, il offre une représentation de la nature humaine globalement positive. La plupart des personnages principaux peuvent être qualifiés d'humanistes, qu'il s'agisse de Fernand, Gabriel, Louise ou Alice. Ils sont empathiques, mus par les valeurs de solidarité et de respect d'autrui. Les personnages de Raoul et Désiré sont plus ambivalents, puisqu'au début du récit, le premier n'hésite pas à violenter gratuitement Gabriel, tandis que le second distord des informations pour ses propres intérêts. Ces deux personnages vont cependant montrer un visage de plus en plus sympathique au fil du récit. Ainsi, Raoul risque plusieurs fois sa vie pour sauver celle de Gabriel, tandis que Désiré incarne en dernier lieu la figure d'un prêtre bienveillant, entièrement tourné vers les autres.

3. <u>La guerre comme lieu de fraternité</u>

Dans *Au revoir là-haut* comme dans *Miroir de nos peines*, la guerre amène des soldats, que pourtant tout semble opposer, à fraterniser entre eux. Le duo Gabriel/Raoul fait penser au duo Albert/Edouard présent dans le premier tome. La guerre est ainsi présentée comme un lieu de camaraderie.

Si les liens intergénérationnels se distendent dans le noyau familial, ils se renforcent dans le contexte de la guerre. Au cours du roman, Louise trouve ainsi l'affection et la bienveillance qui lui manquent en la personne de Monsieur Jules, qui tient lieu pour elle de père de cœur. Elle-même et Gabriel adoptent la petite Madeleine après leur mariage et l'épilogue évoque les liens très forts qu'ils nouent avec la petite fille. Par ailleurs, la microsociété qui vit à l'intérieur de la chapelle Bérault fonctionne comme une grande famille dont Désiré serait le père. Certes, c'est parce qu'il est prêtre qu'il appelle chacun des personnages « frère » ou « sœur », mais d'autres éléments soulignent l'intimité des relations qui unissent les réfugiés. Ainsi, les adultes s'occupent des enfants sans différencier les leurs de ceux des autres. Chaque soir, le repas pris en commun devient un moment de partage et de convivialité. Le contexte tragique de la guerre entraine ainsi la création d'une communauté d'entraide, unissant des personnes qui se trouvent dans la détresse.

PISTES DE RÉFLEXION

QUELQUES QUESTIONS POUR APPROFONDIR SA RÉFLEXION...

- Quel personnage trouvez-vous le plus attachant dans le récit ? Expliquez pourquoi.

- En quoi peut-on qualifier ce roman de roman d'aventure ? Appuyez votre réponse en donnant trois caractéristiques du livre qui en font un roman d'aventure.

- Comment comprenez-vous la citation en exergue du romancier Benito Pérez Galdos, « L'homme, partout où il va, porte avec lui son roman » ? Pourquoi, à votre avis, Pierre Lemaitre a-t-il choisi de mettre cet aphorisme en exergue de son roman ?

- Comment comprenez-vous le titre du livre ?

- Quelle focalisation (interne, externe, omnisciente) est adoptée dans le texte ? Pourquoi selon vous ?

- Quelles thématiques communes retrouve-t-on entre les trois tomes de la trilogie ? Pourquoi cette dernière se nomme-t-elle *Les enfants du désastre* ? Justifiez votre réponse.

- Dans l'émission « L'invité culture » sur *France Culture*, Pierre Lemaitre déclare : « J'essaie d'écrire comme si je racontais l'histoire à voix haute : ça fait partie de ma méthode stylistique. Le rythme parlé fait partie de mon projet. J'ai l'impression d'être plutôt un conteur ». Relevez dans le récit trois phrases dites par le narrateur (les phrases prononcées par les personnages sont donc exclues) qui comportent des éléments d'oralité.

- Lisez le roman *Suite française* d'Irène Némirovsky. Quels sont les points communs entre les deux romans ? Relevez des éléments précis. Quelles différences établissez-vous entre le personnage de Lucile et celui de Louise ? Lequel vous semble-t-il le plus sympathique ? Expliquez pourquoi.

- Dans quelle mesure peut-on dire que l'écriture de Pierre Lemaitre est faite « pour le cinéma », pour reprendre les propos du critique littéraire Arnaud Viviant dans l'émission « Le masque et la plume » sur *France Inter* ? Justifiez votre réponse.

POUR ALLER PLUS LOIN

ÉDITION DE RÉFÉRENCE

Lemaitre P., *Miroir de nos peines*, Paris, Le Livre de Poche, 2021, 571 pages.

ÉTUDES DE RÉFÉRENCE

Brèthes J.-P., *Le roman-feuilleton français au XIXe siècle*, Paris, Presses Universitaires de France, 1989.

SOURCES COMPLÉMENTAIRES

- France Inter, « "Miroir de nos peines" : le Masque & la Plume a-t-il aimé le dernier roman de Pierre Lemaitre ? », émission « Le masque et la plume » du 29/01/2020. URL : https://www.franceinter.fr/livres/miroir-de-nos-peines-le-masque-la-plume-a-t-il-aime-le-dernier-roman-de-pierre-lemaitre

- France Culture, « Pierre Lemaitre : "Un livre est toujours le produit de son siècle" », émission « L'invité culture » du 18/01/2020. URL : https://www.franceculture.fr/emissions/linvite-culture/pierre-lemaitre

Votre avis nous intéresse !
Laissez un commentaire sur le site de votre librairie en ligne
et partagez vos coups de cœur sur les réseaux sociaux !

lePetitLittéraire.fr

- un résumé complet de l'intrigue ;
- une étude des personnages principaux ;
- une analyse des thématiques principales ;
- une dizaine de pistes de réflexion.

**Retrouvez
notre offre complète sur**
lePetitLittéraire.fr

www.lepetitlitteraire.fr

ISBN version numérique : 9782808025676
ISBN version papier : 9782808025683
Dépôt légal : D/2021/12603/124

Conception numérique : Primento,
le partenaire numérique des éditeurs.